Claire Laure

LA VÉRITABLE HISTOIRE de Neferet la petite Égyptienne qui sauva le trésor du pharaon

bayard poche

18 rue Barbès, 92120 Montrouge
ISBN : 978-2-7470-3561-3
Dépôt légal : août 2011

CHAPITRE 1

LA RENCONTRE

– Neferet, dépêche-toi !

– Oui, Maman, j'arrive !

À demi endormie, Neferet s'assied sur sa natte et s'étire avant d'enfiler sa robe de lin. Puis elle puise un peu d'eau dans la grande jarre de la maison et se lave rapidement le visage et les bras. Dans le four, cuisent des pains que Merit, sa mère, a pétris ce matin. Neferet en saisit un et sort en croquant dans la croûte dorée.

Assise sur le seuil, Merit tresse un panier de roseau. Elle en désigne deux autres qui sèchent au soleil :

– Porte ces corbeilles au marché. Tu les échangeras contre des haricots et des dattes.

– J'y vais, répond Neferet. Tu viens, Ouki ?

Aussitôt, le petit singe saute au cou de Neferet et s'installe sur ses épaules. L'été dernier, la fillette l'a trouvé, blessé, dans les marais. Elle a pansé ses blessures et le jeune babouin a guéri. Depuis, il ne la quitte plus.

Pieds nus, Neferet se fraie un chemin dans les rues de Thèbes.

Près du port, les vendeurs ont étalé leurs richesses à même le sol, sous des auvents qui les protègent du soleil.
– Qui veut mes tourterelles ? Elles sont dodues comme des oies ! clame un paysan.
– Ils sont frais, mes poissons. Regardez comme ils frétillent ! se vante un pêcheur.

suite page 8

2
3
1
4
7
12
10
11

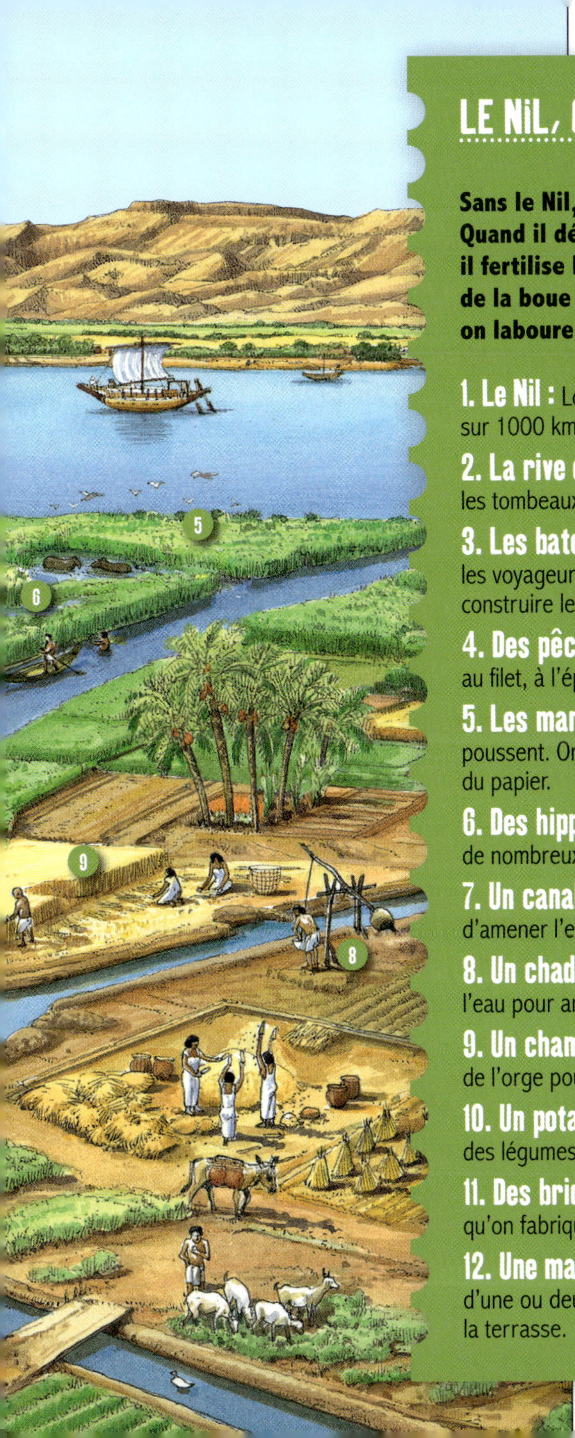

LE NIL, C'EST LA VIE

Sans le Nil, l'Égypte serait un désert. Quand il déborde, une fois par an, il fertilise la terre en y déposant de la boue : le limon. Dès qu'il se retire, on laboure et on sème.

1. Le Nil : Long de 6671 km, il traverse l'Égypte sur 1000 km avant de se jeter dans la mer.

2. La rive ouest : On y construit les tombeaux et les temples funéraires.

3. Les bateaux à voile transportent les voyageurs, les vivres, les pierres pour construire les temples.

4. Des pêcheurs capturent des poissons au filet, à l'épuisette ou au harpon.

5. Les marais : Roseaux et papyrus y poussent. On en fait des paniers, des barques, du papier.

6. Des hippopotames cohabitent avec de nombreux oiseaux… et des crocodiles.

7. Un canal d'irrigation : Il permet d'amener l'eau du fleuve vers les champs.

8. Un chadouf : Ce mécanisme sert à puiser l'eau pour arroser les cultures.

9. Un champ : On y plante du blé pour le pain, de l'orge pour la bière, du lin pour les tissus.

10. Un potager : Le paysan y cultive des légumes pour les échanger au marché.

11. Des briques de terre : C'est avec cela qu'on fabrique les maisons et les palais.

12. Une maison de paysan : Elle se compose d'une ou deux pièces. L'été, la famille dort sur la terrasse.

Dans son atelier, le menuisier secoue son apprenti comme un prunier :

– Tu n'as pas encore fini de réparer le tabouret du vizir ? Je vais t'apprendre à travailler, moi !

Les notables se bousculent devant l'échoppe de Ti, le meilleur pâtissier de Thèbes. Un prêtre au crâne rasé tend son doigt grassouillet, orné d'une grosse bague, vers un gâteau en forme de lotus :

– Il est à quoi, celui-ci ?

– Il est aux amandes et fourré d'une datte, répond le pâtissier. Par Hathor ! Tu as l'œil, Kaour, c'est le plus beau de toute ma fournée !

Flatté, le dénommé Kaour tend une poignée de céréales.

– Je le prends !

Mais à cet instant, Ouki bondit des bras de Neferet et s'empare du gâteau. Puis il se réfugie en haut d'un palmier pour le dévorer.

– Maudit singe ! Rends-moi ça ! crie le prêtre.

Amusés, des clients rient de bon cœur. Mais un badaud désigne Neferet et accuse :

– Le singe appartient à cette fille !

suite page 11

LES PRINCIPAUX DIEUX ÉGYPTIENS

Amon
Dieu de Thèbes, il protège la royauté et l'Empire. Il porte une couronne surmontée de deux hautes plumes. Il est souvent assimilé à Rê, le dieu-soleil.

Anubis
Chien noir ou homme à tête de chien noir, c'est le dieu de la momification. Il veille sur les tombeaux et accompagne les défunts au royaume des morts.

Hathor
Déesse de l'amour, de la joie, de la musique et de la danse. Elle est représentée sous la forme d'une vache ou d'une femme coiffée de cornes entourant le disque solaire.

Horus
Faucon ou homme à tête de faucon, fils d'Isis et Osiris. Il a été le premier pharaon. Protecteur du pharaon, il porte comme lui la double couronne de Haute et Basse-Égypte.

Isis

Déesse de la vie, épouse d'Osiris. Selon la légende, Osiris fut tué par son frère Seth, qui éparpilla les morceaux de son corps. Isis les rassembla, les entoura de bandelettes et Osiris put renaître.

Thot
Le dieu de l'écriture et de la sagesse. On le figure sous la forme d'un ibis, d'un babouin, ou d'un homme à tête d'ibis. C'est le patron des scribes.

Osiris

Le dieu des morts. Toujours représenté de couleur verte, les bras croisés sur la poitrine, il tient dans ses mains les attributs du pharaon, la crosse et le fouet.

Rê
Dieu du soleil, représenté sous la forme d'un homme à tête de faucon coiffé du disque solaire entouré d'un serpent.

Sekhmet
Femme à tête de lionne, coiffée du disque solaire, elle punit les hommes en répandant les maladies. Mais elle les guérit aussi. Elle est la patronne des médecins.

Kaour s'est tourné vers Neferet.
– C'est vrai ? Ce singe est à toi ?
– Oui, bredouille Neferet. Mais ce n'est pas ma faute, il m'a échappé !
– Pas ta faute ? S'il a pris mon gâteau, c'est toi qui es responsable. Et tu sais le sort qu'on réserve aux voleurs…
Déjà, le gros homme brandit sa canne. Dans la foule, un garde approche pour lui prêter main-forte. Soudain, une main se pose sur l'épaule de Neferet.
Le cœur battant, la jeune fille se retourne.
La main appartient à un garçon d'une douzaine d'années. Aux bracelets d'or qui ornent ses bras, on voit qu'il appartient à une riche famille.
– Que se passe-t-il, Kaour ? demande le garçon.
En le voyant, le prêtre s'adoucit aussitôt :
– Bonjour, Inpou ! Comment va ton père, notre bien-aimé architecte royal ?
– Mon père va très bien, répond le garçon. Mais dis-moi : que voulais-tu à mon amie ?
– Oh ! Cette jeune fille est ton amie ? Je ne savais pas. Eh bien… Son singe m'a volé le gâteau que je venais

d'acheter. Mais je te prie de m'excuser, fillette, si je me suis mis en colère. Tu n'y es pour rien. Au revoir ! Et… euh, Inpou, fais mes amitiés à ton père !

Les yeux ronds, Neferet voit le gros homme disparaître en faisant des courbettes. Autour d'elle, marchands et badauds sont retournés à leurs occupations.

Le garçon commente :

– Quel lâche, ce Kaour !

– Merci ! dit Neferet. Sans toi, je recevais la bastonnade.

– Tout le plaisir est pour moi. Je déteste ce type, avoue Inpou. C'est une brute et mon père le soupçonne de piocher dans le trésor du temple. Quel est ton nom ?

– Neferet.

– C'est joli. Et cela te va bien*!

**Neferet signifie « la belle ».*

CHAPITRE 2

SUR LA RIVE DES MORTS

Depuis leur rencontre au marché, Neferet et Inpou sont devenus amis. Aujourd'hui, la jeune fille a promis de l'attendre à la sortie de l'école. En longeant le mur, elle entend la voix du maître scribe qui dicte :

« Salut à toi, ô Nil,
Toi qui inondes les champs que Rê a créés
pour faire vivre les animaux,

Toi qui produis l'orge et fais pousser le blé… »

Neferet se hisse sur la pointe des pieds pour observer les écoliers.

Assis en tailleur, ils trempent leur plume dans l'encre noire et s'appliquent à tracer les phrases sur des morceaux de poterie.

Inpou lui fait un clin d'œil.

Bientôt, les élèves sortent en se bousculant.

– Quel raseur, ce maître ! gémit Inpou. Sa dictée m'a donné mal à la tête !

– Tu exagères ! proteste Neferet. J'apprendrais bien à lire et à écrire, moi !
– Quelle drôle d'idée, s'esclaffe Inpou. Les filles ne vont pas à l'école.
– Et tu trouves ça normal ! se fâche Neferet. Tu crois peut-être que nous sommes plus bêtes que les garçons ?
– Ce n'est pas ce que je voulais dire, se défend Inpou. C'est comme ça, c'est tout.

suite page 18

1
2
3
4
5
7
8
9

À L'ÉCOLE DES SCRIBES

L'école était réservée aux garçons. Ils y entraient vers l'âge de 5 ans. Très peu de filles y avaient accès, à part quelques princesses.

1. Le maître scribe enseigne l'écriture, mais aussi le calcul, l'histoire, la géographie et la religion.

2. Un écolier : Il a la tête rasée, sauf une mèche tressée sur le côté qu'on appelle la tresse d'enfance.

3. Un feuillet de papyrus : Il est fabriqué avec l'intérieur des tiges de papyrus, une plante qui pousse au bord du Nil.

4. Des hiéroglyphes : Ce sont des signes qui représentent à la fois des objets et des sons. Il en existe plus de 700. Ils se lisent de gauche à droite, de droite à gauche ou de haut en bas.

5. L'écriture hiératique est la version simplifiée des hiéroglyphes qu'utilisent les scribes. Les lettres sont reliées comme dans notre écriture manuscrite.

6. Une tablette : Les écoliers s'entraînent sur des morceaux de bois, de pierre ou de poterie.

7. Un calame : Pour écrire, l'écolier trempe dans l'encre ce bout de roseau taillé en pointe.

8. Une palette : Elle contient deux pains d'encre : rouge pour les titres et noir pour le texte.

9. Un godet : On le remplit d'eau pour diluer l'encre.

10. Un ostracon : Sur ce morceau de calcaire, l'élève a écrit « scribe » en hiéroglyphe puis en hiératique.

– Eh bien, ce n’est pas juste, boude Neferet.

Inpou ne sait quoi dire pour consoler son amie. Au bout d’un moment, il lance :

– J’ai une idée. Si tu veux, je t’apprendrai. On se retrouvera après l’école, et je te montrerai tout ce que je sais. D’accord ?

– D’accord, dit Neferet.

– En attendant, j’ai une surprise. Je dois accompagner mon père sur la rive des morts : il dirige les travaux pour le nouveau temple du pharaon. Ça te dit de venir ?

– Bien sûr ! dit Neferet. Tu crois qu’il voudra bien ?

– Je lui ai déjà demandé. Il nous attend.

La maison d’Inpou se trouve dans le quartier riche de Thèbes, non loin du temple d’Amon. Derrière les hauts murs, un jardin planté de figuiers et de sycomores entoure la maison. Les deux petites sœurs d’Inpou jouent à la balle dans le bassin couvert de nénuphars. Des oies se dandinent en gloussant dans les allées. Ouki se lance aussitôt à leur poursuite.

Assise sous la tonnelle, la mère d’Inpou souligne ses yeux d’un trait de khôl, tandis qu’une servante l’enduit d’une huile parfumée. « Qu'elle est élégante ! » pense Neferet avec envie. Le père d'Inpou s'avance à la rencontre des enfants :

– Dépêchons-nous, le bateau nous attend sur le quai.

Cinq minutes plus tard, les deux enfants admirent le paysage, depuis le pont d'un bateau conduit par quatre rameurs. Sur le Nil, debout sur leurs barques de papyrus, des pêcheurs remontent leurs filets remplis de poissons. Venu de Nubie, un voilier se dirige vers le temple pour y livrer sa cargaison d'encens, de plumes d'autruches et de peaux de léopards.

Quand l'embarcation du père d'Inpou accoste sur l'autre rive, l'architecte s'installe dans une litière*. Les deux enfants le suivent à pied.

Le chantier se trouve à un kilomètre de là, à la limite du désert. Vêtus de pagnes courts, des dizaines d'artisans s'activent autour du temple en construction. Sur un mur quadrillé de lignes rouges, des dessinateurs reportent les modèles dessinés sur des papyrus. Plus loin, des sculpteurs gravent dans la pierre une scène de bataille avec leurs maillets et leurs ciseaux.

À l'aide de cordes, les ouvriers sont en train de hisser une immense statue du pharaon.

– Cette statue a été taillée dans une seule pierre, explique fièrement le père d'Inpou. Elle mesure plus de 30 coudées** !

– Pourquoi fabriquer une sculpture aussi grande ? s'étonne Neferet.

– Pour montrer la puissance du pharaon. Quand on est au pied d'un tel monument, on se sent tout petit !

Un contremaître s'approche pour recevoir les instructions de l'architecte.

* *Une litière était une sorte de lit porté sur des brancards.*

** *Une coudée : environ 50 cm. 30 coudées : 15 mètres.*

suite page 22

LE PHARAON, MI-HOMME, MI-DIEU

Le fils du soleil

Le pharaon est le roi d'Égypte. Considéré comme le fils d'Amon-Rê, le dieu-soleil, il dirige l'Égypte avec l'aide des dieux, qui lui apportent la paix et la prospérité. En échange, il leur fait des offrandes, embellit leurs temples et en construit sans cesse de nouveaux. Le pharaon tient à la main deux sceptres : la crosse et le fléau. Il porte une barbe postiche. Sur son front, un cobra le protège et repousse ses ennemis. Il porte plusieurs couronnes : le némès rayé bleu et or et le pshent (la couronne blanche et rouge représentant la Haute et la Basse-Égypte).

La famille royale

L'épouse principale du pharaon s'appelle la grande épouse royale. C'est par elle que se transmet le sang divin. Si elle ne donne pas naissance à un garçon, le pharaon épouse parfois sa propre sœur, sa tante ou même une de ses filles. Le roi pouvait aussi avoir de nombreuses épouses secondaires.

Tous pour un !

L'Égypte appartenant au pharaon, tout le monde travaille pour lui, les paysans comme les artisans. Comme il ne peut pas être partout, il s'entoure d'hommes de confiance. Des « vizirs » dirigent l'Égypte, avec l'aide de nombreux fonctionnaires. Et dans chaque temple, le « premier prophète » supervise le travail des prêtres.

Ramsès II

Il est l'un des pharaons les plus célèbres. Il a régné sur l'Égypte pendant 66 ans, au XIIIe siècle avant Jésus-Christ. Son histoire est une épopée ! Pharaon à 25 ans, il aurait eu plus d'une centaine d'enfants ! Il a construit d'extraordinaires monuments. Dans le temple d'Abou Simbel, il a fait dresser des statues à son image, de 20 mètres de haut.

Cléopâtre

Cléopâtre est la dernière grande reine d'Égypte. À sa mort, en 30 avant Jésus-Christ, l'Égypte perd son indépendance et devient romaine.

Neferet et Inpou s'éloignent.
– Viens, dit Inpou, je vais te faire visiter une grotte que j'ai découverte non loin d'ici. J'ai emporté une lampe à huile.
Les enfants s'engagent sur un sentier, précédés d'Ouki. Le petit singe est ravi de se dégourdir les pattes. Lorsqu'une mangouste déboule entre les broussailles, il bondit à ses trousses.
– Ouki ! Reste là ! ordonne Neferet.
Mais le singe ne l'écoute pas. En quelques bonds, il quitte le chemin et disparaît au milieu des rochers.
– Il faut le rattraper ! dit Neferet. Je ne veux pas qu'il se fasse mordre par un serpent.

CHAPITRE 3

LES VOLEURS DE SARCOPHAGES

Quittant le chemin, les enfants grimpent la colline. Mais Ouki semble s'être volatilisé ! Heureusement, un jeune berger promène son troupeau de chèvres.

– Tu n'aurais pas vu un petit singe roux, avec un ruban ? demande Neferet.

– Si, il est parti par là…

– Merci !

Soudain, Inpou tend la main vers un éboulis de rochers.
– Je le vois !
Les deux amis s'élancent, mais déjà Ouki se glisse à travers une fente, au milieu des rocs. Sans hésiter, Neferet se faufile à sa poursuite.
Essoufflé, Inpou la rejoint. Il chuchote :
– On dirait un souterrain.
– C'est peut-être la caverne d'un lion, grimace Neferet.
– Ou un ancien tombeau. Il y en a beaucoup par ici.
– Il fait noir comme dans la gueule d'un hippopotame.
– Attends, j'allume ma lampe.
En s'éclairant, les enfants progressent dans l'étroit boyau. Au bout de quelques mètres, le souterrain rejoint un escalier de pierre, qui descend en pente douce.
– Il fait froid là-dedans, frissonne Inpou.
Après une dizaine de marches, l'escalier débouche sur une vaste pièce carrée. Inpou tend le bras pour éclairer les murs et pousse une exclamation. Sur les parois, de gigantesques peintures vertes, rouges, jaunes tanguent dans la lumière.
– Qu'est-ce que c'est ? demande Neferet.

– Ce sont les dieux du royaume des morts, murmure Inpou. Celui à la peau verte, c'est Osiris. Et celui avec une tête de chacal, c'est Anubis.

– Et ce crocodile ?

– C'est la Grande Dévorante. Si le cœur du mort est plus lourd qu'une plume, croc ! il finit dans son estomac…

– Brrr ! chuchote Neferet. Ces peintures me donnent la chair de poule.

– Il n'y a plus de doute, répond Inpou, nous sommes dans un tombeau royal.

suite page 28

7
8
9
5
2
5
6
4
3

LA TOMBE D'UN PHARAON

Dans la Vallée des rois, près de Thèbes, on a découvert 62 tombes de pharaons creusées dans la montagne. La plus célèbre est celle de Toutankhamon.

1. L'entrée était murée pour que personne ne pénètre dans la tombe.

2. L'antichambre abrite trois lits funéraires à têtes d'animaux et six chars de combat.

3. Le trône du pharaon : Il est en bois recouvert d'or, décoré de motifs en pâte de verre colorée.

4. Des boîtes de nourriture : Elles contiennent de la viande séchée pour « nourrir » le mort.

5. Deux statues du pharaon : Elles gardent l'entrée de la chambre funéraire.

6. L'annexe : On y trouve les lits du roi, ses armes, des paniers, des jarres de vin...

7. La chambre funéraire : Sur les murs, des fresques montrent l'arrivée du pharaon au royaume des morts.

8. Quatre « chapelles » en bois doré : Elles s'emboîtent comme des poupées russes et protègent le sarcophage.

9. Le sarcophage contient trois cercueils en bois et en or. Dans le dernier, repose la momie du pharaon, couverte d'un masque en or massif.

10. Des bateaux miniatures : Ils devaient permettre au mort de voyager dans l'au-delà.

11. Le coffre des canopes : Il renferme les quatre vases contenant les viscères du pharaon.

À cet instant, un jappement monte des profondeurs du caveau.

– Ouki ! s'exclame Neferet. Il est par là.

Prudemment, les enfants s'engagent dans un deuxième escalier.

Ouki est bien là, assis au bas des marches. À la vue de Neferet, il pousse un cri joyeux et lui saute dans les bras.

Neferet lui rend son câlin et le gronde gentiment :

– Tu es incorrigible !

Mais Inpou lui fait signe de se taire en mettant un doigt sur sa bouche. Au bout du couloir, un halo de lumière éclaire ce qui doit être une autre pièce. De là-bas, provient un raclement sourd.

Des hommes parlent avec animation.

– Ça y est : j'ai réussi à ouvrir ce maudit sarcophage. Par Horus, il m'a donné du fil à retordre. Mais ça valait le coup, regardez.

Dévorés de curiosité, les enfants s'approchent sur la pointe des pieds. Dans la chambre funéraire, trois hommes sont penchés au-dessus d'un sarcophage. Ils ont retiré le couvercle, qui repose sur le sol.

L'un d'eux siffle avec admiration et s'exclame :
– Mes amis, nous avons décroché le gros lot, cette fois !
Une momie est couchée dans le sarcophage. Des pieds à la tête, elle est emmaillotée de bandelettes et son visage est recouvert d'un masque d'or. Avidement, un des voleurs s'empare du masque, pendant qu'un autre fouille les bandelettes pour en tirer les bijoux et les amulettes.
Le troisième entasse le butin dans des sacs de toile. Nerveux, il presse les autres :
– Dépêchons-nous de finir. Les gardes de la vallée ne tarderont pas à faire leur ronde.
Fasciné, Inpou n'arrive pas à détacher ses yeux de la scène. Neferet le tire par le bras :
– Partons avant qu'ils nous trouvent !
Trop tard ! Au même instant, Inpou éternue. Il a pris froid, dans ce caveau glacé. Aussitôt, l'un des pillards bondit et découvre les enfants.

CHAPITRE 4

PRISONNIERS !

– Tiens, tiens ! s'exclame-t-il. Comme on se retrouve…
Pétrifiés, les enfants reconnaissent le voleur : c'est Kaour, l'homme du marché ! Le prêtre leur décoche un regard cruel :
– Mes petits agneaux, vous auriez mieux fait de rester tranquillement chez vous, à faire une partie de senet*.
D'une main de fer, Kaour empoigne les deux enfants. Ouki tente de défendre sa maîtresse en mordant le prêtre.

Jeu de société, ressemblant au jeu de dames.

– Sale bête, tu vas me le payer ! hurle Kaour.

D'une secousse, il envoie valdinguer le petit singe contre un mur. Ouki s'enfuit en poussant des cris plaintifs.

– Bon débarras !

Les hommes ligotent Neferet et Inpou, puis les traînent dans un coin et reprennent leur travail.

Pendant que ses complices raflent les derniers objets précieux, Kaour étale sur une étoffe les bijoux trouvés dans le sarcophage. Émerveillé, il fait scintiller une bague en forme de scarabée et profite de ce que les autres regardent ailleurs pour la glisser à son doigt.

« Quelle crapule, pense Neferet : il vole même ses complices ! »

Bientôt, les sacs sont pleins à craquer. Kaour s'adresse aux autres pillards :

– Portons le butin au temple. J'y mettrai aussi ces deux-là en lieu sûr. Il ne faut pas qu'ils puissent raconter ce qu'ils ont vu ce soir.

Lorsque le groupe sort du tombeau, la nuit est tombée sur la montagne. Kaour et ses hommes ont bâillonné les enfants avant de les enfermer dans deux sacs de toile.

suite page 34

COMMENT REVIVRE APRÈS LA MORT

La momification

Les Égyptiens croient à une vie après la mort. Dans les familles les plus riches, quand quelqu'un meurt, des prêtres momifient son corps pour qu'il se conserve. Ils enlèvent les organes. Puis ils placent le corps dans une cuve de natron, une sorte de sel, pendant quarante jours. Une fois le corps desséché, ils le parfument et l'entourent de bandelettes de lin.

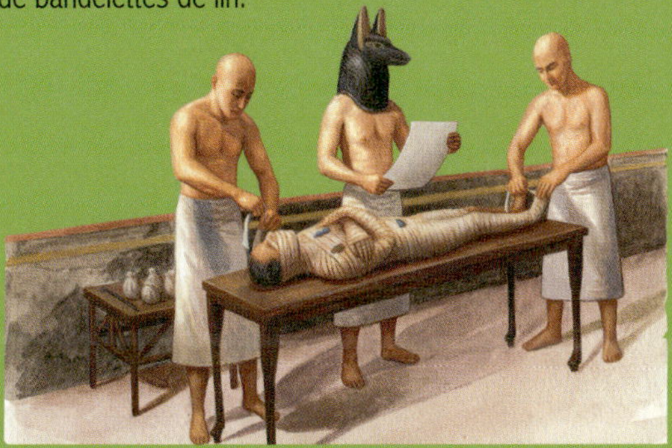

Le sarcophage

Quand la momie est prête, son visage est recouvert d'un masque à l'image du mort. Puis elle est placée dans un sarcophage. La famille peut enfin l'escorter vers son tombeau. Dans un coffre, on emporte aussi les quatre vases canopes contenant les organes du défunt : les poumons, le foie, l'estomac et les intestins.

Un vrai déménagement

Pour que le mort ne manque de rien dans l'au-delà, on l'enterre avec ses meubles, ses vêtements, ses bijoux, ses objets de toilette, ses armes, des provisions, du vin et même des jeux pour le distraire.
Il emporte aussi le papyrus du livre des morts : une sorte de guide pour voyager au royaume d'Osiris.

À votre service

Dans le royaume des morts, le défunt reçoit un lopin de terre à cultiver. Pour s'éviter ce travail, il se fait souvent enterrer avec des outchebis. Ces statuettes de serviteurs sont supposées travailler à sa place !

Un cœur léger

Pour entrer au royaume des morts, le défunt passe une épreuve. Son cœur est placé sur une balance. Sur l'autre plateau, se trouve la plume de Maât, déesse de la justice. Si l'homme a été bon, son cœur est aussi léger que la plume : il est admis.
Si son cœur est plus lourd, c'est qu'il a été mauvais : il est mangé par la Grande Dévorante, un monstre à tête de crocodile.

Leurs ballots sur l'épaule, ils empruntent un sentier qui descend vers le Nil.

En chemin, les pillards croisent l'architecte royal. Impuissant, Inpou entend son père demander à Kaour :

– Tu n'aurais pas vu mon fils en compagnie d'une fillette ? Ils ont disparu !

– Non, répond Kaour. Je t'aiderais volontiers dans tes recherches, mais je dois accompagner ces deux bédouins avec leurs offrandes jusqu'au temple.

Le pauvre Inpou a beau gigoter dans son sac, son père s'éloigne sans avoir rien remarqué !

Bientôt, les pillards jettent leur chargement au fond d'une barque et traversent le fleuve. Une fois parvenus sur l'autre rive, ils s'engouffrent dans le temple d'Amon par

une porte latérale. À cette heure-ci, l'édifice est désert : les prêtres ont terminé leur service et regagné leurs maisons. En silence, les trois hommes franchissent l'enceinte où seuls les prêtres ont le droit de pénétrer. Ils traversent la fameuse salle des colonnes, dont les piliers colorés culminent à 24 mètres de haut. Puis se dirigent vers les annexes du temple, là où se trouvent les cuisines, l'abattoir et les magasins où sont stockées les provisions.
Enfin, Kaour s'arrête devant la porte d'une resserre et l'ouvre avec une grosse clé. Ses compagnons y traînent les sacs contenant les enfants.
– Je m'occupe d'eux, dit Kaour. Rentrez chez vous. On se retrouvera demain pour le partage.

suite page 37

LE MYSTÈRE DES PYRAMIDES

Un escalier vers le ciel

Il y a 4 500 ans, les premiers pharaons font construire de gigantesques tombeaux en forme de pyramides. La plus ancienne est celle du roi Djéser, à Saqqara. Les pyramides sont construites en pierre, pour durer éternellement. À l'origine, leur forme fait penser à un escalier. L'âme du pharaon peut ainsi monter au ciel pour rejoindre les dieux.

Une des sept merveilles du monde

La pyramide de Khéops est la plus grande des pyramides. Elle mesurait 146 mètres de haut. Sa construction dura vingt ans. Tu peux la voir en Égypte.

Malins, ces Égyptiens !

Comment pouvait-on construire un tel monument sans grue ? Les pierres étaient posées sur des traîneaux que les ouvriers tiraient sur une rampe de terre. Au fur et à mesure de la construction, on prolongeait la rampe qui montait en tournant autour de la pyramide. À la fin, on détruisait la rampe.

Un labyrinthe, piège à voleurs

Dans la pyramide, des escaliers, des puits, des couloirs mènent à la pièce où est cachée la momie avec son trésor. Il y a aussi des impasses pour décourager les voleurs. Mais les pyramides étaient voyantes : les voleurs les pillèrent quand même. Plus tard, les pharaons ont préféré se faire enterrer dans une tombe discrète creusée dans la montagne.

Le Sphinx

À Gizeh, un gigantesque Sphinx veille sur les pyramides de Khéops, de Khéphren et de Mykérinos. Ce lion à tête d'homme représentait l'un des pharaons enterrés dans ces pyramides, sans doute Khéphren ou Khéops. Haut de 20 mètres, long de 74 mètres, il devait effrayer ceux qui s'en approchaient.

Ses complices partis, le prêtre ouvre les sacs et défait les bâillons des enfants.
– Je reviens. Mais ne vous faites pas d'illusions. D'ici, personne ne vous entendra si vous appelez au secours.
Dès que le prêtre a tourné les talons, Inpou se contorsionne pour essayer d'ôter ses liens. Mais peine perdue : ils ne bougent pas d'un millimètre.
Un long moment, les deux enfants se taisent, en proie à de sombres pensées.
C'est alors qu'un léger bruit les fait tressaillir : « ffrrt ! ffrtt ! »
– Il y a des rats par ici, gémit Neferet.
Mais, levant la tête, elle pousse un cri de surprise : Ouki vient de se glisser par une petite ouverture donnant sur l'extérieur du temple.
– Ouki ! Qu'est-ce que tu fais là ?
Au même moment, une voix chuchote, de l'autre côté du mur :
– Psst ! Vous êtes là ? C'est moi, Adjib, le berger.
– Adjib ! Comment nous as-tu trouvés ?
– J'ai recueilli le singe dans la montagne. Ensuite, je vous

ai attendus. Quand j'ai vu les hommes sortir avec leurs sacs, je me suis douté de quelque chose. Je les ai suivis avec ma barque. Je vous cherche depuis un moment.
– Il faut que tu donnes l'alerte, souffle Inpou. Sais-tu où se trouve le palais ?
– Oui, répond le berger. Mais les gardes ne me laisseront jamais entrer !
– Attends, chuchote Inpou.
Fronçant les sourcils, il demande à Neferet :
– Tu crois que tu peux détacher l'amulette que je porte au cou ? Elle est gravée à mon nom. Si Adjib la montre aux gardes du palais, on le laissera entrer.
– Je vais essayer ! souffle Neferet.
S'approchant d'Inpou, Neferet saisit entre ses dents la cordelette qui retient l'amulette et la mordille énergiquement. Bientôt, le cordon cède. Tenant le collier dans sa bouche, Neferet ordonne à Ouki :
– Prends-le, et porte-le à Adjib !
Obéissant, le singe attrape le collier, escalade une pile de ballots de tissus et disparaît par la fenêtre.

CHAPITRE 5

LE REPAS DES CROCODILES

– Je l'ai ! chuchote le berger. Vous êtes sûrs qu'on me laissera passer avec ça ?
– Sûr ! dit Inpou. Dépêche-toi.
Adjib parti, le silence est retombé sur le cachot.
– Pourvu qu'il ait le temps de donner l'alerte ! soupire Neferet.
– Il le faut. Sinon, je ne donne pas cher de notre peau...

Hélas, leur répit est de courte durée. Quelqu'un approche d'un pas traînant. Un cliquetis de clés et la porte s'ouvre sur la haute stature de Kaour :
– Vous pouvez faire vos prières à Osiris, ricane le prêtre. Ce soir, vous allez servir de repas aux crocodiles sacrés.
S'éclairant d'une torche, le prêtre pousse les enfants devant lui. Bientôt, ils atteignent la zone du temple réservée aux enclos des animaux.
– Tu vas avancer, tête de mule ?
D'une bourrade, Kaour presse Neferet. Tétanisée, la fillette contemple le bassin qui scintille sous la lune à quelques mètres. Elle a entendu parler des crocodiles qui y sont élevés. On dit que les prêtres les parent de colliers et de bracelets. À l'heure des repas, ils leur servent des poissons, des oies et même des petits plats préparés spécialement pour eux. De vrais coqs en pâte !
« S'ils sont tellement gâtés, ils ne doivent pas avoir bien faim », songe-t-elle pour se donner du courage.
Hélas, un clapotis venant du bassin la détrompe aussitôt : intrigués par cette visite nocturne, des crocodiles s'approchent silencieusement.

suite page 42

LES ANIMAUX SACRÉS D'ÉGYPTE

Le chat

Dans l'Antiquité, le chat est très utile car il chasse les rongeurs et tue les serpents qui s'introduisent dans les maisons. Les Égyptiens l'appellent *miou*, et l'apprécient comme animal de compagnie. À sa mort, ils sont si tristes qu'ils le font momifier pour l'enterrer dans le tombeau familial.

Le crocodile

Le crocodile du Nil pouvait atteindre 6 mètres de long. Les Égyptiens le craignaient et le chassaient parfois au harpon. Mais ils l'admiraient aussi sous la forme du dieu Sobek. Dans certains temples, on élevait des crocodiles sacrés dans des bassins. À leur mort, ils étaient momifiés et enterrés dans le temple.

Le cobra

Le cobra sécrète un venin mortel. Quand il se sent menacé, il se dresse et déploie son capuchon, pour mordre. Comme le lion et le faucon, sa puissance en a fait un des animaux protecteurs du pharaon. Se dressant sur le front du roi, il est prêt à mordre les ennemis du pharaon ou à cracher son venin.

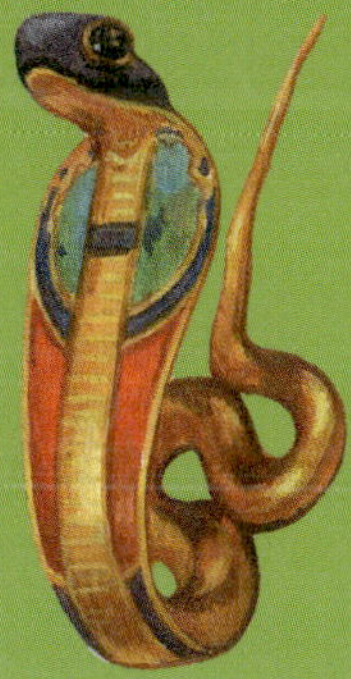

L'ibis

Oiseau migrateur, l'ibis blanc revenait en Égypte au printemps, au moment de la crue du Nil. Les Égyptiens voyaient donc en lui un heureux présage : la récolte serait bonne ! Il est aussi une des formes de Thot, le dieu de l'écriture, à cause de son bec pointu qui fait penser au roseau taillé qu'on utilisait pour écrire.

Le scarabée

Quand le scarabée veut pondre, il forme une boule avec de la crotte, la fait rouler jusqu'à un trou où il pond son œuf. Les Égyptiens le comparaient au soleil qui traverse le ciel, puis disparaît dans la nuit et réapparaît au matin. Sous le nom de Khépri, le scarabée incarne le soleil renaissant. On le retrouve sur de nombreux porte-bonheur.

– Isis ! Protège-moi ! murmure la fillette en fermant les yeux.

Déjà, Kaour saisit Inpou par la taille pour le jeter dans le bassin. Le garçon se débat comme un beau diable, mais le prêtre a une poigne d'acier.

N'écoutant que son courage, Neferet fonce tête baissée dans ses jambes. Déséquilibré, Kaour trébuche et lâche sa proie. Furieux, il se relève et soulève Neferet par les cheveux en grognant :

– Tu veux y passer la première, c'est ça ? Tu l'auras voulu !

Mais une voix l'arrête net :

– Si j'étais toi, Kaour, je ne ferais pas ça !

Livide, Kaour se retourne. Le pharaon se dresse dans l'obscurité, escorté de soldats. Le père d'Inpou et Adjib sont là aussi. Le berger a réussi !

Pris au piège, le prêtre tente de donner le change.

– Majesté ! Ces enfants sont des sacrilèges. Ils ont violé l'enceinte du temple.

– C'est un mensonge ! s'écrie Neferet. Nous l'avons surpris en train de piller une tombe royale. Voilà pourquoi il veut nous faire disparaître.

– Petite peste ! Vas-tu te taire ? glapit Kaour.

Mais Neferet n’a plus peur. Elle ajoute :

– Regardez sa main droite. Il porte une bague qu’il a volée dans le sarcophage.

– Est-ce vrai, Kaour ? demande le pharaon.
Affolé, le prêtre cherche une issue des yeux. En vain. Sur un signe du souverain, deux gardes l'empoignent aussitôt. Ils le traînent devant le pharaon et dégagent sa main.
D'une voix vibrant de colère, le pharaon s'exclame :
– Cette bague appartenait à mon père. Je l'ai placée moi-même dans son sarcophage. Comment as-tu osé ?
Puis, s'adressant aux gardes :
– Conduisez ce prêtre à la prison du palais. Et libérez ces enfants. Je veux entendre de leur bouche ce qu'ils ont vu.
Ce soir-là, la maison de l'architecte royal reste illuminée tard dans la nuit. Les parents d'Inpou ont organisé un banquet en l'honneur des jeunes héros.
Grâce à eux, Kaour a tout avoué. Dans l'espoir de réduire sa peine, il a aussi révélé le nom de ses complices et l'endroit où est caché le butin. Le trésor du père du pharaon sera remis en place et le tombeau scellé de nouveau. Pour récompenser les enfants de leur courage, le pharaon leur offre à chacun un bracelet d'or.
– Tu m'apprendras à écrire mon nom, Inpou ? demande Neferet. Comme ça, je le graverai sur le bracelet.

– Promis ! dit Inpou.

Avec une moue, le garçon ajoute :

– C'est dommage qu'Adjib n'ait pas voulu rester.

– Il était pressé de retrouver ses chèvres, commente Neferet. Grâce au bracelet que lui a offert le pharaon, il va pouvoir agrandir son troupeau !

Le père d'Inpou lève son verre de vin pour porter un toast :

– Longue vie à Neferet et Inpou, nos enfants intrépides !

– Et longue vie à Ouki, sans qui nous ne serions pas là ! ajoute Neferet.

Mais le petit singe ne l'entend pas. Il est bien trop occupé à dévorer les délicieux gâteaux prévus pour le dessert…

Des récits PASSIONNANTS pour découvrir de GRANDS MOMENTS de l'HISTOIRE

LES ROMANS IMAGES DOC

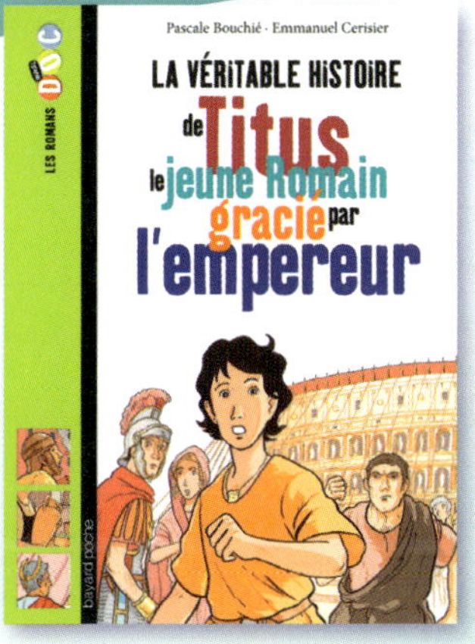

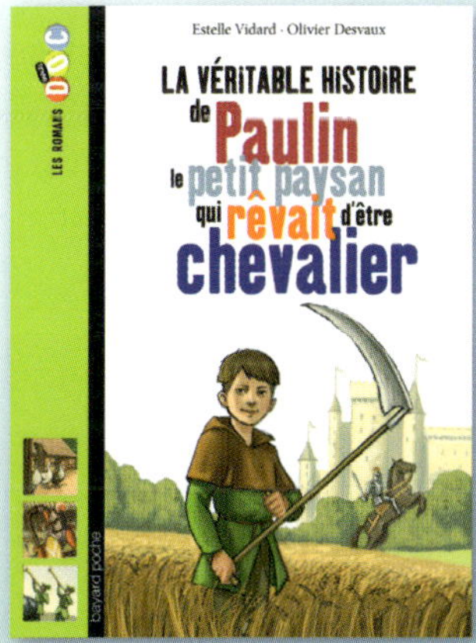

La collection « Les romans Images Doc » a été conçue en partenariat avec le magazine *Images Doc*.
Ce mensuel est édité par Bayard Jeunesse.

La véritable histoire de Neferet a été écrite par Claire Laurens et illustrée par Serge Prud'homme.
Texte des pages documentaires : Claire Laurens.
Direction d'ouvrage : Pascale Bouchié.
Suivi éditorial : Sylvie Roussel.
Maquette : Natacha Kotlarevsky.
Illustrations : pages 10, 21, 33, 36, 41 : Emmanuelle Etienne ;
pages 6-7 : Gilbert Houbre ; pages 16-17 : Yves Beaujart ; pages 26-27 : Jean Torton.

Loi n°49-956 du 16 juillet 1949 sur les publications destinées à la jeunesse.
Imprimé en France par Pollina s.a., 85400 Luçon. L57448a.